Holiday 节日POP

时尚节日篇

广西美术出版社

目录

Contents

Part1 学习篇

Part2 实战篇

Part1 学习篇

1 入门知识

一、什么是POP广告?

POP广告是多种商业广告形式中的一种，英文全称为Point of Purchase Advertisement，point意为“点”，purchase 意为“购买”，即“购买点广告”，这里的“点”，既指时间概念上的点，又指空间上的点。因此，POP 广告具体就是指在一定的时间和有效的空间位置上，为宣传商品，吸引顾客、引导顾客了解商品内容或商业性事件，从而诱导顾客产生参与的动机及购买欲望的商业广告。

例如，在商业空间、购买场所、零售商店的周围、内部以及在商品陈设的地方所设置的广告物，包括：商店的牌匾，店面的橱窗，店外悬挂的充气广告、条幅；商店内部的装饰、陈设、招贴广告、服务指示，店内发放的广告刊物，进行的广告表演，以及广播、录像、电子广告牌广告等这些都属于广义的POP广告。从狭义来理解，POP广告仅指在购买场所和零售店内部设置的展销专柜以及在商品周围悬挂、摆放与陈设的可以促进商品销售的广告媒体，包括吊牌、海报、小贴纸、旗帜等。（图1）

图1

二、POP广告有哪些种类？

POP广告的主要商业用途是刺激引导消费和活跃卖场气氛，一般应用于超市卖场及各类零售终端专卖店居多，它的种类繁多，分类方法也不同。

如果从使用功能上分类有：

店头 POP 广告：置于店头的 POP 广告，一般用来向顾客介绍商店名称和即时主打产品，如看板、站立广告牌、实物大样本等。（图2）

图2

垂吊 POP广告：一般用来营造购物环境或节日气氛，如广告旗帜、吊牌广告物等。（图3）

图3

地面 POP 广告：从店头到店内的地面上放置的 POP 广告牌，具有商品展示与销售功能。（图4）

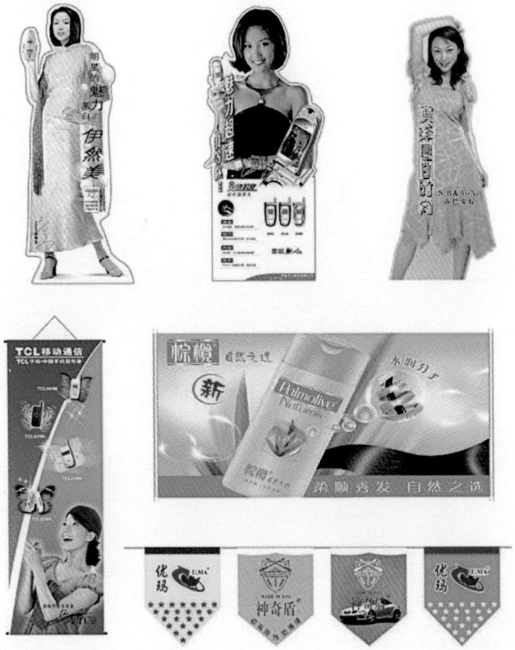

图4

柜台 POP 广告：是放在柜台上的小型POP，主要介绍产品的价格、产地、等级等信息，如展示架、价目卡等。展示架上通常都要陈列少量的商品。值得注意的是，展示架因为是放在柜台上，放商品的目的在于说明，所以展架上放的商品一般都是体积比较小的商品，且数量较少。适合展示架展示的商品有珠宝首饰、药品、手表、钢笔等。（图5）

图5

壁面 POP 广告：附在墙壁上活动的隔断、柜台和货架的立面、柱头的表面、门窗的玻璃上等的 POP 广告。主要用来宣传商品形象、店内销售信息，如海报板、告示牌、装饰等。（图6）

图6

陈列架 POP 广告：附在商品陈列架上的小型 POP，传达产品相关信息、材料和使用方法等，如展示卡等。（图7）

按广告的内容来分有：商业POP广告和校园POP广告。按制作手段来分又有：印刷类POP广告和手绘POP广告。（图8）

图7

图8

三、POP广告的过去、现在与未来的趋势

POP广告起源于美国的超级市场和自助商店里的店头广告。1939年，美国POP广告协会正式成立后，自此POP广告获得正式的地位。20世纪30年代以后，POP广告在超级市场、连锁店等自助式商店频繁出现，于是逐渐为商界所重视。60年代以后，超级市场这种自助式销售方式由美国逐渐扩展到世界各地，所以POP广告也随之走向世界各地。

就其宣传形式来看，早在我国古代，就已经出现POP广告的雏形。例如，酒店外面挂的酒葫芦、酒旗，饭店外面挂的幌子（图9），客栈外面悬挂的幡帜，或者药店门口挂的药葫芦、膏药等，以及逢年过节和遇有喜庆之事的张灯结彩等。

图9

POP广告在20世纪七八十年代流传到我国，到90年代由于受欧美及日韩地区的店头展示的行销观的影响，中国大中型城市的各种卖场、店面上出现大量以纸张绘图告知消费者信息的海报，形成一波流行POP广告的潮流，大量的图案及素材活泼地呈现在海报纸上，色彩丰富，吸引人的目光。而除了在商业上应用之外，校园内也逐潮流行起海报绘制的工作，举凡社团活动、学会宣传、校际活动，无不利用最简单的工具来绘制出五光十色的海报。近年来，随着社会经济的迅速增长， POP广告的形式不断推陈出新，POP广告文化也日趋丰富。

目前，商家已充分认识到POP广告在产品零售终端举足轻重的促销作用。在竞争激烈的市场里，他们绞尽脑汁，不断改进。为了有效地配合促销活动，在短期内形成一个强劲的销售气氛，POP广告现在已从单一向系列化发展，多种类型的系列POP广告媒介同时使用，可以使营业额急速升高。此外，声、光、电、激光、电脑、自动控制等技术与POP广告的结合，产生出一批全新的POP广告形式，虽然成本较高，但是却能迅速吸引消费者注意力，大大提升促销效果。以手绘的办法来制作POP广告，它以方便快捷、价格低廉和极具亲和力的特点，成为各大超级市场的首选促销形式。

四、POP广告的五大功能

1.告知产品信息和卖场指示的功能。通常POP广告，都有新产品的告知、宣传作用，此外还能起到商品及贩卖场所的指示、标志等功能。当新产品出售之时，配合其他大众宣传媒体，在销售场所使用POP广告进行促销活动，可以吸引消费者视线，刺激其购买欲望。

2.唤起消费者潜在购买意识。尽管各厂商已经利用各种大众传播媒体，对于本企业或本产品进行了广泛的宣传，但是有时当消费者步入商店时，已经将其他的大众传播媒体的广告内容遗忘，此刻利用POP广告在现场展示，可以促进对商品的注目与理解，唤起消费者的潜在意识，重新忆起商品，促成购买行动。

3.取代售货员的功能。POP广告有“无声的售货员”和“最忠实的推销员”的美名。POP广告经常使用的环境是超市，而超市中是自选购买方式。在超市中，当消费者面对诸多商品而无从下手时，摆放在商品周围的POP广告，忠实地、不断地向消费者提供商品信息，可以使消费者了解商品的使用方法，开发需要性；在特卖期间夸张式的价格表现，还能传达物美价廉的诉求，促成行动购买。

4.营造销售气氛。利用POP广告强烈的色彩、美丽的图案、突出的造型、幽默的动作、准确而生动的广告语言，再配合SP（店面促销）活动，在商品示范或演出期间使用，能增加演出的效果与气氛，塑造出购物的气氛。特别是在节日来临之际，针对性的富有创意的POP广告更能渲染出特定节日的购物气氛，促进关联产品的销售。

5.提升企业形象。优秀的POP广告同其他广告一样，在销售环境中可以起到树立和提升企业形象，进而保持与消费者的良好关系的作用。

五、制作手绘POP广告的基本原则

与一般的广告相比， POP广告的特点主要体现在它的展示陈列方式多样、时效性强、制作速度快、造价比较低廉、极富亲和力的画面效果等方面。它的制作方式、方法繁多，材料种类应用很多，其中以手绘POP最具机动性、经济性及亲和力，它的制作基本原则为：

1.单纯：在视觉传达上要单纯、简洁，使消费者一目了然，了解内容的说明。

2.注目：在内容表现上，要能瞬间刺激消费者，达到注意的目的。

3.焦点： 能在消费者注意的一刹那之间，继续诱导至画面的重点。

4.循序： 也就是诱导的效果，能在画面上引起注意，产生焦点并循序吸引目光，达成传播目的。

5.关联： 也就是统整画面，POP内容应彼此关联，产生群化，达成统一。

6.高效率：在超市卖场中，各种促销信息需要及时、灵活地更换，因此，手绘POP的美工人员需熟练掌握其绘写技巧，才能提高促销效率。

六、手绘POP广告的构成要素（图10）

1.插图：手绘、图片、拼贴、半立体。

2.装饰图形：边框等。

3.文字：标题——主标题、副标题，说明——广告诉求内容，公司名称——广告主名称或卖场名称，其他——价目等。

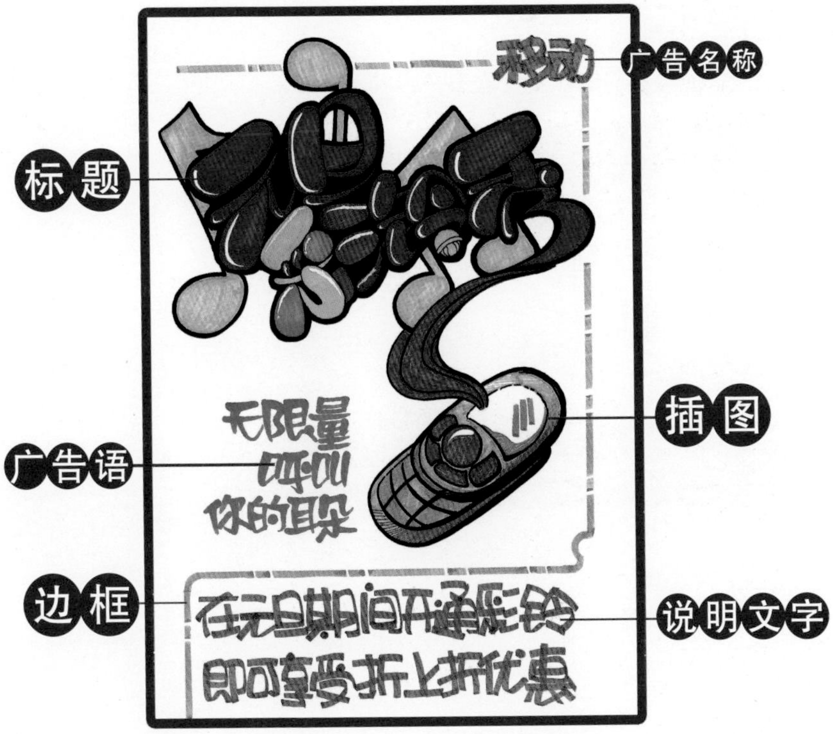

图10

七、手绘POP广告的制作工具

制作手绘POP广告，工具的选择与应用非常重要，选择良好适合的工具，往往有事半功倍的效果。用来描绘或书写的材料工具种类繁多，而每一种各有其独特的表现技法及效果。

各种笔具：唛克笔、毛笔、平头笔、彩色铅笔、铅笔、勾线笔

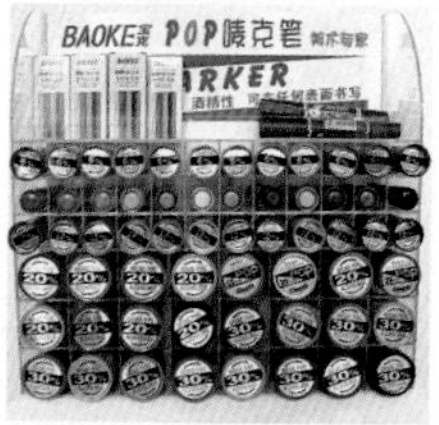

裁剪工具：剪刀、美工刀

测量工具：尺子、三角板

粘贴工具：固体胶、胶水、喷胶、透明胶

颜料：水粉颜料、水彩颜料

纸张：各种艺术纸张

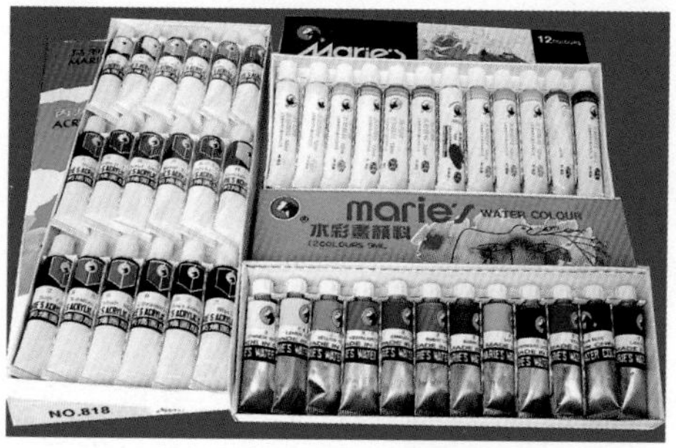

八、手绘POP广告制作步骤

有色纸底POP手绘海报制作步骤：

1.首先针对主题设计出版式，确定标题、插图、说明文字的位置，用铅笔画好草稿。

2.绘写标题字。

3.绘写说明文字。

4.对已画好的插图或文字作进一步修饰。

①

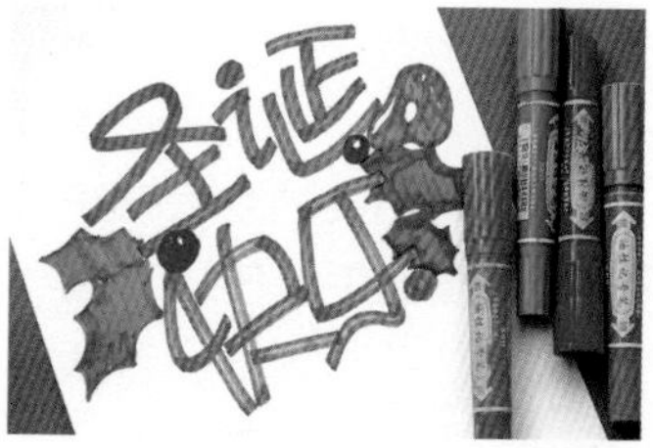

②

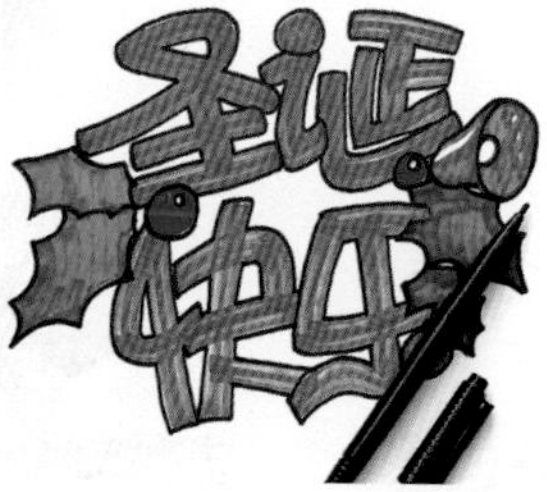

②

②

③

③

③

④

④

九、荧光板

又叫荧光广告板、电子荧光板、LED荧光板和手写荧光板。

在酒吧、宾馆、餐厅、花店、咖啡厅、超市、商场、办公室等场所都常常能看到这种文字发光，色彩绚丽，有如霓虹灯效果。光彩夺目的手写荧光板比起普通的纸质手绘POP广告要漂亮得多。它和普通手绘POP本质上是一样的，也是需要自己用笔来画和写出你想要的广告信息。它与普通手绘POP最大的不同就是绘画的材料不一样，普通手绘POP一般是画在纸上，而荧光板是画在玻璃板上。还有一个明显的不同就是底色，普通手绘POP的底色一般为白色，而荧光板为黑色，这也正是购买的专用POP荧光笔里没有黑色的原因，所以需要注意的是很多普通手绘POP里需要用黑色来表现的元素和信息，在荧光板POP里就需要用别的颜色来代替了。

落地式荧光板

玻璃板

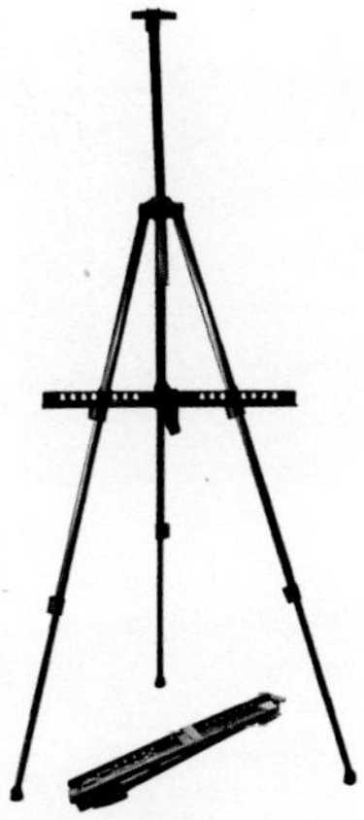

支架

台式荧光板

玻璃板

支架

荧光板POP的特点：

随写随改：充分发挥创造性，手写形式多样，随意中体现出别致，刻意营造不同的气氛。

反复使用：它具有可反复多次使用功能，更换广告内容时将表面的图文擦掉即可重新书写。

荧光效果：利用荧光笔书写即可让图文发出绚丽的光彩；可调节多种闪光效果（七彩荧光板）。

荧光笔

因为荧光板的底色为黑色，所以专用荧光笔里配有的是白色荧光笔，这里就要注意白色荧光笔的使用。

专用荧光笔的笔头也有粗细之分，在绘制POP的时候要注意粗细搭配，才能有更好的效果。

荧光板POP效果

如果您要将本书的其它手绘POP作品变成荧光广告板效果，将范画中的黑色画笔部分，用白色笔绘即可。

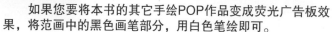

2 技法分析·版式与色彩 *

一、手绘POP广告配色原则：

统一中求变化，称为类似调和。变化中求统一感，称为对比调和。通过调整色相、明度、纯度来求得画面的色彩变化和统一感、色彩面积的比例问题。

POP广告版面的编排的合理与新颖对画面整体有着非常重要的意义。好的版式不仅能引导阅读动线，提高消费者的阅读兴趣，还能加强对内容的理解，强化说服力，加深品牌形象记忆，从而引导消费者的认同感。

二、编排设计的原则：

A) 突显画面主题和广告诉求点。

B) 构图简单有条理。

C) 画面适当留白可集中视觉重点，产生舒畅感，提高海报格调。

D) 视觉流程的引导线要顺畅。

E) 大胆求新求变，尝试不同的表现风格。

三、版式与色彩综合范例

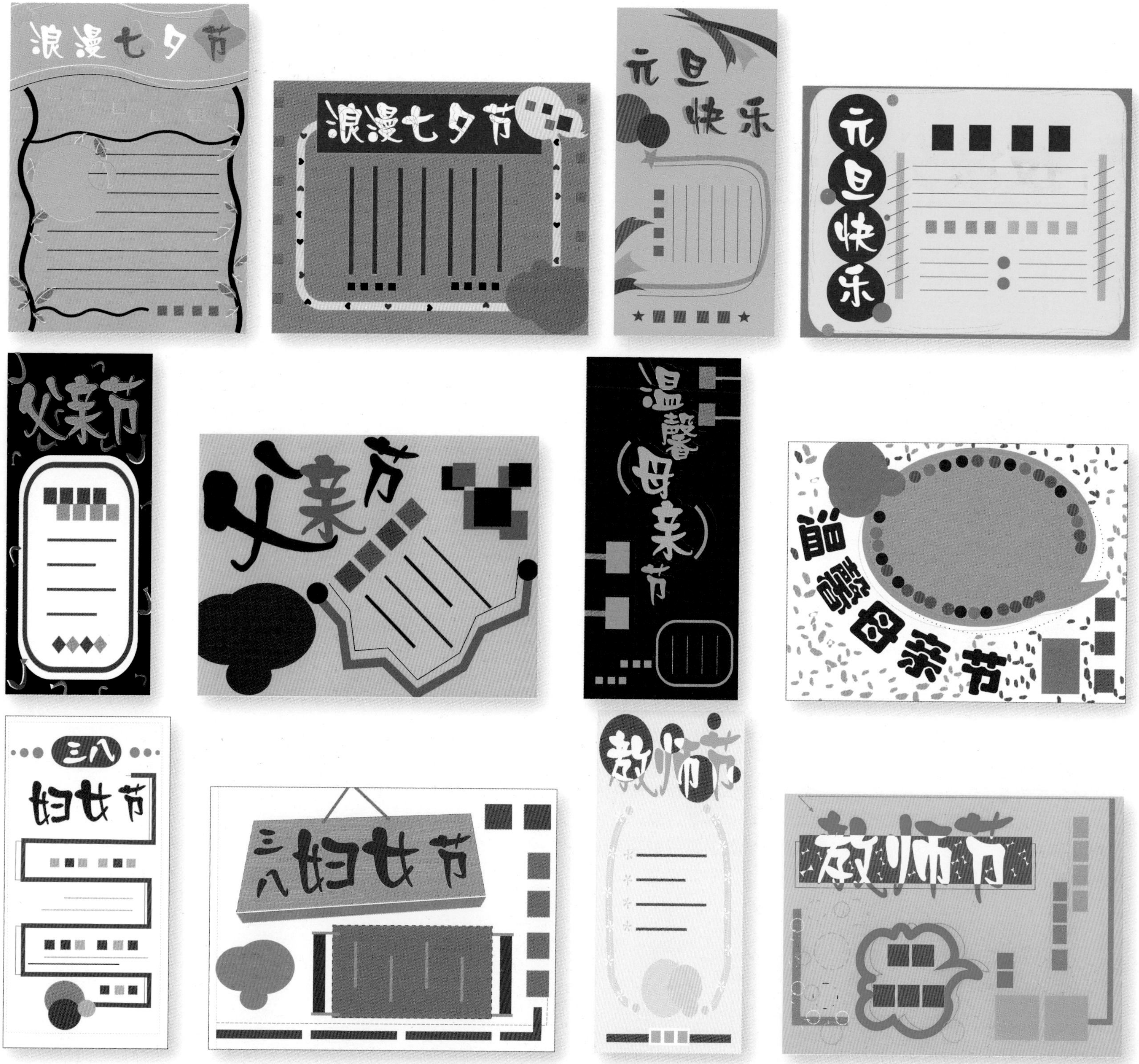
浪漫七夕节
浪漫七夕节
元旦快乐
元旦快乐
父亲节
父亲节
温馨母亲节
温馨母亲节
三八妇女节
三八妇女节
教师节
教师节

重阳节

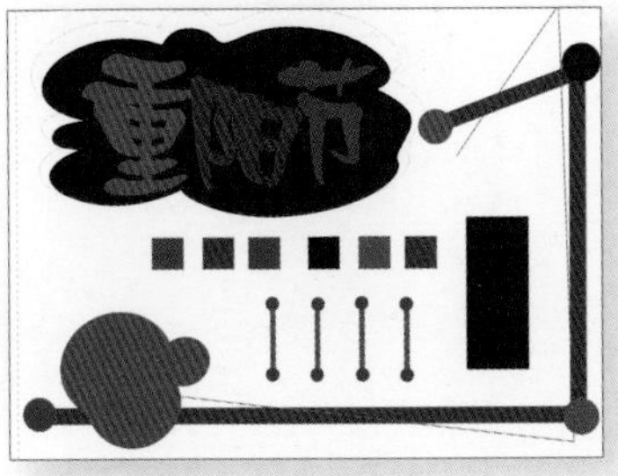
重阳节

腊八节

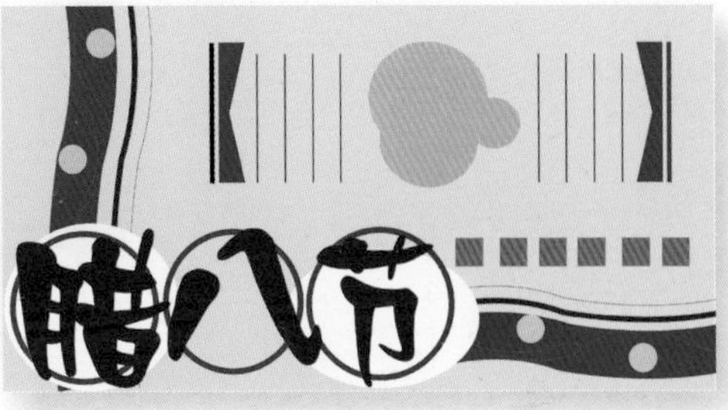
腊八节

欢度元宵节

欢度元宵

感恩节

感恩节

欢度六一

度

3·15
消费者权益日

3·15
消费者权益日

五四
青年节

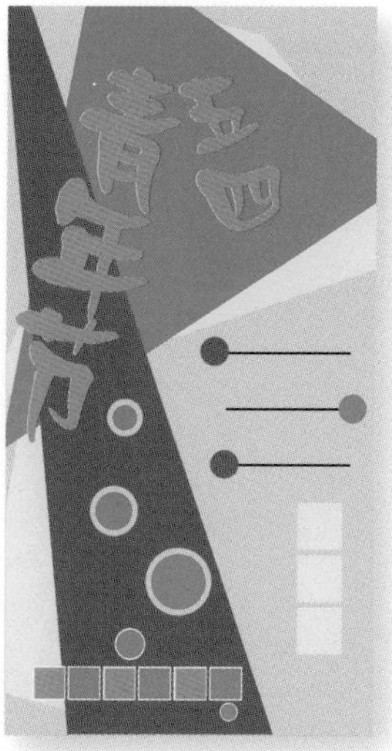
五四
青年节

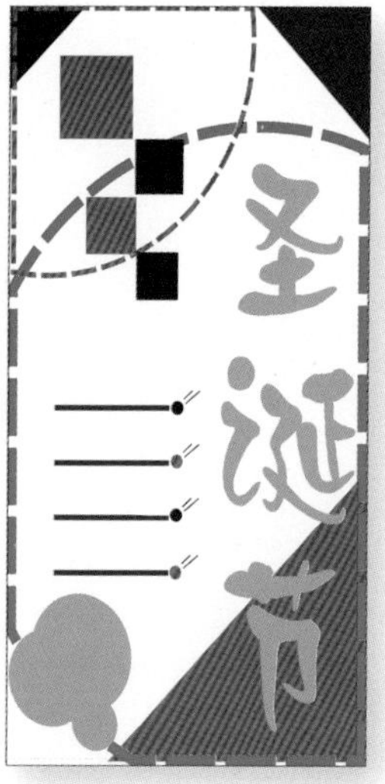
圣诞节

圣诞节

“五一
劳动节”

万圣节

万圣节

情人节

情人节

五一劳动节

清明节

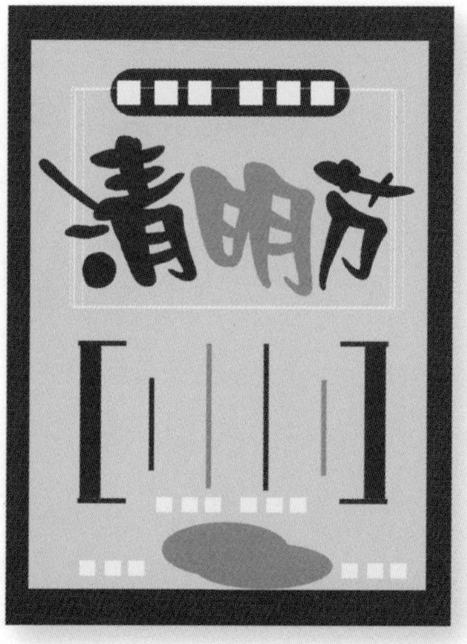
清明节

国庆献礼

国庆
献礼

中秋节

中秋节

端午节

端午节

快乐愚人节

快乐
愚人节

7·1
党的生日

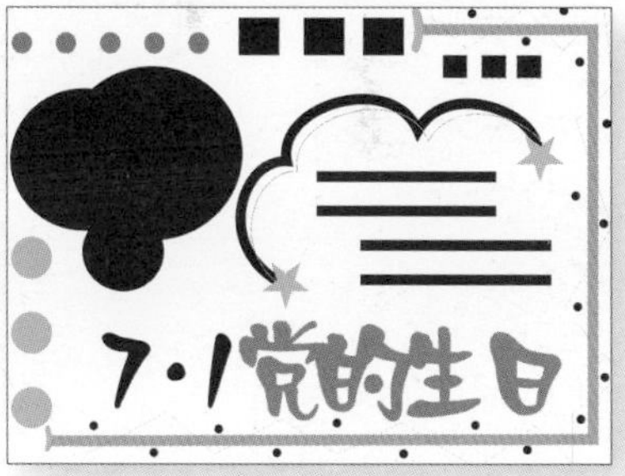
7·1党的生日

8·1
建军节

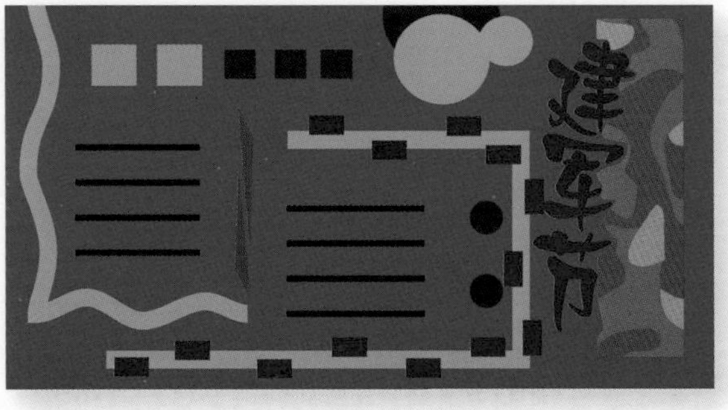
建军节

恭贺新春

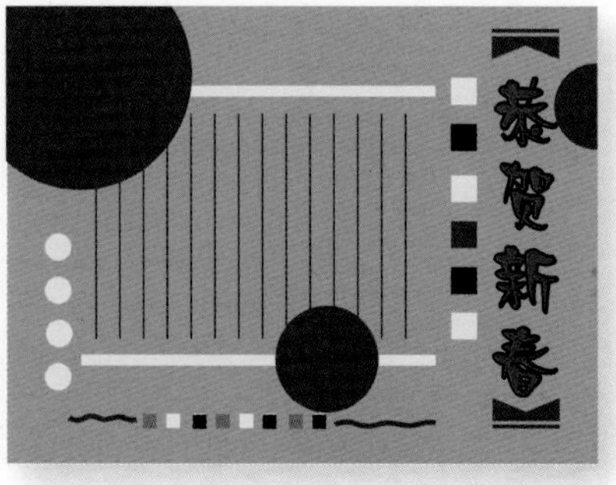
恭贺新春

Part2 实战篇

情人节

【情人节简介】

情人节，又叫圣瓦伦丁节或圣华伦泰节（St. Valentine’s Day），即每年的2月14日，是西方的传统节日之一。男女在这一天互送巧克力、贺卡和花，用以表达爱意或友好，现已成为欧美各国青年人喜爱的节日。大概这世上有多少情人就有多少关于情人节来历的诠释吧。和中国人现在用近乎狂热的热情过起了圣诞节一样，情人节也已经悄悄渗透到了无数年轻人的心目当中，成为中国传统节日之外的又一个重要节日。

在我国，农历七月初七的夜晚，天气温暖，草木飘香，这就是人们俗称的七夕节（中国情人节），也有人称之为“乞巧节”或“女儿节”，这是中国传统节日中最浪漫的节日，也是过去姑娘们最为重视的日子。她们对着天空的朗朗明月，摆上时令瓜果，朝天祭拜，乞求天上的女神能赋予她们聪慧的心灵和灵巧的双手，更乞求能得到美满的姻缘。

通常在情人节中，以赠送红玫瑰来表达情人之间的感情。情人节的巧克力也是不可或缺的。相爱的人们用甜蜜的巧克力表达对爱人的浓浓情意。

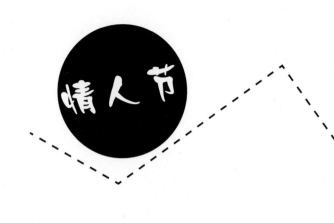

情人节甜蜜有新招！
凡在本店购买巧克力
满100元者，就有机会参
与情人巧克力DIY活动。
亲手制作，才是甜蜜的！
DIY
I LOVE YOU
怡心巧克力店

2·14 情人节
特别的爱给特别的你
情侣玉佩
2折起

情人节：
情歌
对唱
2月14日
情侣"情歌"
对唱大赛
参加就有
浪漫大礼

月光情人
快乐与浪漫同在
月光情侣用品店
可爱毛绒娃娃 ￥88/对
韩版时尚吊坠 ￥88/对
欧版情侣对戒 ￥88/对
欢迎加入浪漫行列！机会难得，
限时抢购，一定要来哦！！

甜蜜蜜
情侣套餐
2.14
当日情侣套餐
4折
星星西餐厅

浪漫情人节
2011
情侣套餐
元元西餐厅
5折
赠玫瑰1枝

甜蜜
情人节特价

情人节期间..
热血商城礼品店
折优惠

浪漫情人节
大优惠
时尚首饰
爱他(她)就送他(她)
精美时尚情侣首饰,
带给你们的爱情
天长与地久!

情人节快乐
情人礼物
一律5折
媛子百货公司
Valentine's day
情人节
晚会
时间:2月14日
晚八点
地点:乐迪吧
情人节礼物
巧克力买一送一

浪漫情人节
巧克力
买一送一
限情人节
当日哦
快行动
吧……
·媛子百货公司·
情人节
情侣装
元/套
伊人
时尚专卖
婚纱照
58元
·小马摄影·

时尚情侣
情侣装
新鲜上市!

情侣玩偶
情人节
热销
情人节
美味套餐
浓情
2.14
相伴到老
情人
60元

浪漫情人
不一样的情人节……
本餐厅特别套餐
5折
《浪漫情人》
水果沙律……

二人世界
·艾吉美食·
情人套餐
送双色煲

愚人节

【愚人节简介】

愚人节也称万愚节，英文为April Fool's Day，是西方也是美国民间传统节日，节期在每年4月1日。愚人节已出现了几百年，对于它的起源众说纷纭。一种说法认为这一习俗源自印度的“诠俚节”，该节规定，每年3月31日的节日这天，不分男女老幼，可以互开玩笑、互相愚弄欺骗以换得娱乐。在西方国家里，每年4月1日的“愚人节”意味着一个人可以玩弄各种小把戏而不必承担后果。叫一声“愚人节玩笑”，你的恶作剧就会被原谅。

起初，任何美国人都可以炮制骇人听闻的消息，而且不负丝毫的道德和法律责任，政府和司法部门也不会追究。相反，谁编造的谎言最离奇、最能骗取人们相信，谁还会荣膺桂冠。这种做法给社会带来不少混乱，因而引起人们的不满。现在，人们在节日期间的愚弄欺骗已不再像过去那样离谱，而是以轻松欢乐为目的。

今天，愚人节已经发展成为一个国际性节日，差不多在整个欧洲和北美都流行。苏格兰称这一天的受骗者为“布谷鸟”，似乎和农业女神仍有些关系。法国人则叫作“四月鱼”，这大概是因为小鱼在四月刚孵出，糊里糊涂地见饵就吞，容易上钩的缘故吧！

你还可以
这样写

你还可以
这样画

你还可以这样写

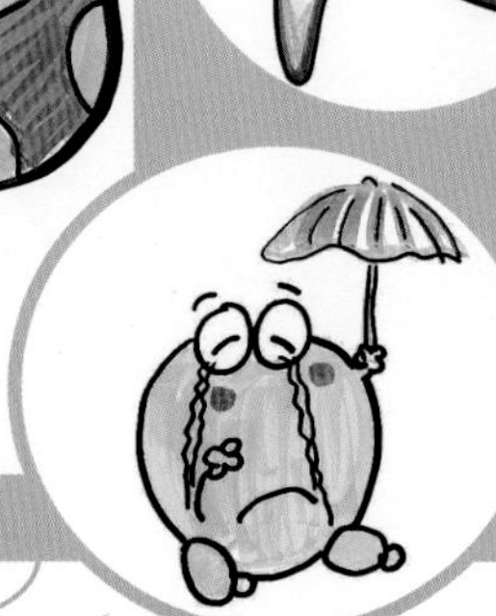

你还可以这样画

你还可以这样写

你还可以这样画

你还可以这样写

你还可以这样写

你还可以这样画

你还可以这样画

你还可以这样写

你还可以这样画

愚人节
个性写真
95元/套

全鱼宴
愚人节
288元/桌
元元饭店
电话：4411411

愚人派对
学生活动中心

4月1日本乐园门票全免，并每人赠送恶搞玩具1个，让你享受不一样的刺激与惊喜！

讲笑话大赛
4月1日当日：
举行"笑话大赛"
·欢迎参加·
·学校宣传部·

你还可以这样写

愚人舞会
愚人舞会

如鱼得水
5
西津游泳池
门票

4·1
愚人不愚
到场即送
抱枕大派送
河宾饭店旁
风格布艺店

愚人节舞会
时间：4月1日
地点：小马广场

愚人节
鱼形工艺品
2.5折

愚人乐园
·智力有奖问答·
·答对免费入乐园·
—艾吉游乐园—

你还可以
这样写
愚人节
热力派对
愚人节
愚人节
你还可以
这样画

你还可以这样写

你还可以这样画

你还可以这样写
你还可以这样写
你还可以这样画
你还可以这样画
你还可以这样写
你还可以这样画
愚人玩具
8元
4月1日
上午10点举行垂钓比赛
欢迎参加
3280211

愚人节
创意短信大赛
请于4月30日到系团委报名

KTV包厢5折

4月1日
愚人节
脑筋急转弯
考考你
礼品丰厚

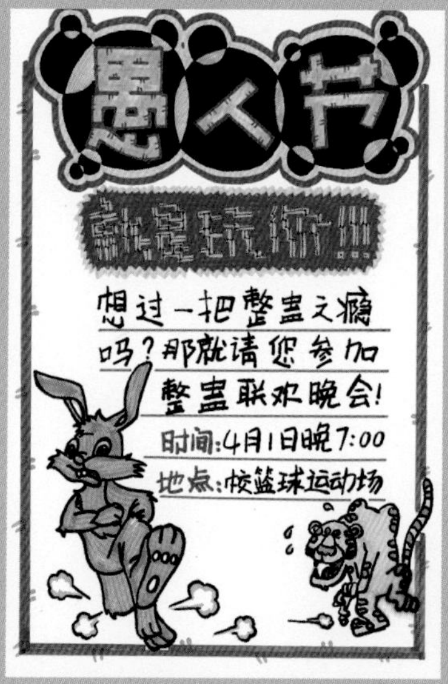
愚人节
就是玩你!!!
想过一把整蛊之瘾吗?那就请您参加整蛊联欢晚会!
时间:4月1日晚7:00
地点:校篮球运动场

愚人节派对
·红火俱乐部·
欢迎您……

你还可以这样写
愚人节
小丑节
·欢迎光临·
时间：4·1-5·8
你还可以这样画
愚人斗智
网络有奖竞赛
4·1
你还可以这样写
清凉夏
清凉一夏
你还可以这样画

你还可以这样写

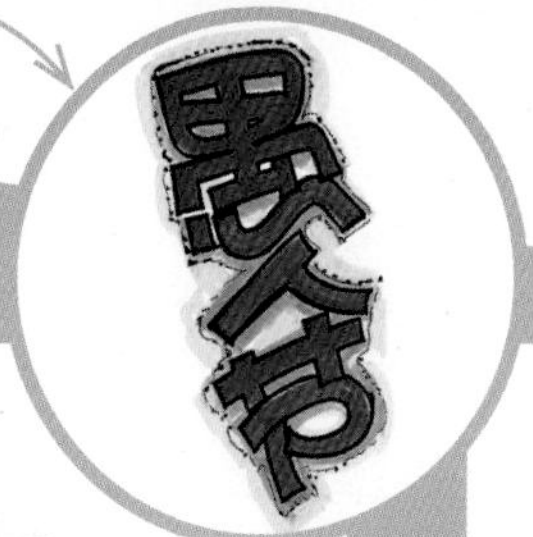

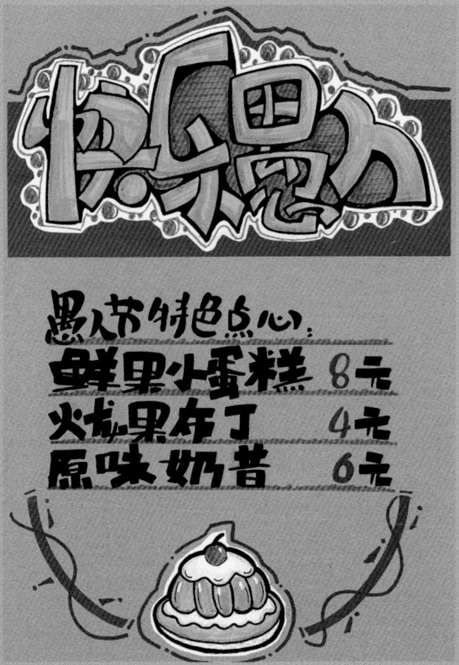

你还可以这样画

你还可以这样写
特价哦
快乐愚人
特价商品
·电器商品 八折
·化妆品 九折 (VIP客户七五折)
·鞋类商品 八折
·装饰品 七折 (VIP客户六折)
欢迎顾客光临
你还可以这样画
你还可以这样写
全鱼宴
愚人节
288元/桌
元元饭店
电话：4411411
你还可以这样画

愚人节
雨石阁
自助餐食
只要/120元
巴西式烤羊肉
韩式扒鸡膀
玉米火腿芙蓉汤
季节蔬菜水果
訂餐热线:5357474
愚人节
愚人大冒险
游园活动
4月1日晚院内
愚人节
愚人节
你还可以这样写
你还可以这样画

你还可以
这样写

你还可以
这样画

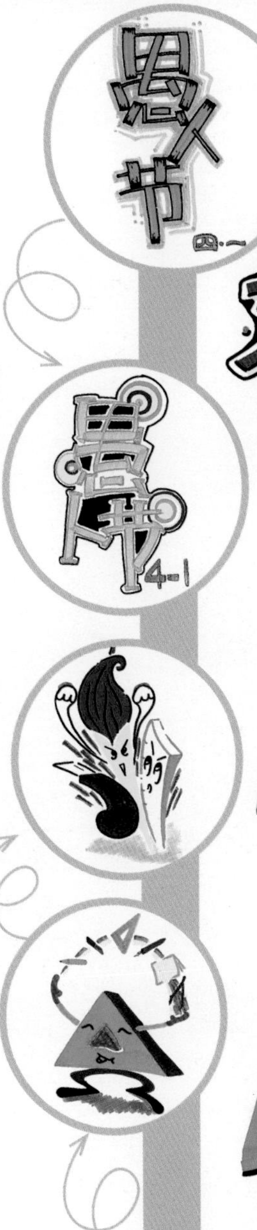

你还可以
这样写

你还可以
这样画

母亲节

【母亲节简介】

母亲节（Mother's Day）作为一个感谢母亲的节日，最早的庆祝仪式发生在古希腊。在美国、加拿大和一些其他国家，每年5月的第二个星期天就是母亲节（在其他一些国家的日期并不一样）。它是为歌颂世间伟大的母亲，纪念母亲的恩情，发扬孝敬母亲的道德而定立的。母亲们在这一天通常会收到礼物，康乃馨被视为献给母亲的花。

现代意义上的母亲节起源于美国，由Amanm、Jarvis（1864—1948年）发起，她终身未婚，一直陪伴在她母亲身边。她母亲于1905年逝世，Amanm 悲痛欲绝，两年后（1907年），Amanm 和她的朋友开始写信给有影响的部长、商人、议员来寻求支持，以便让母亲节成为一个法定的节日。Amanm 认为子女经常忽视了对母亲的感情，她希望母亲节能够让人多想一想母亲为家庭所付出的一切。1914年5月7日，美国国会通过决议，规定每年5月的第二个星期日为母亲节，由威尔逊总统5月9日颁布施行。自此之后，母亲节即成为美国全国性的节日。现在，该节日已成为一个国际性的纪念节日。

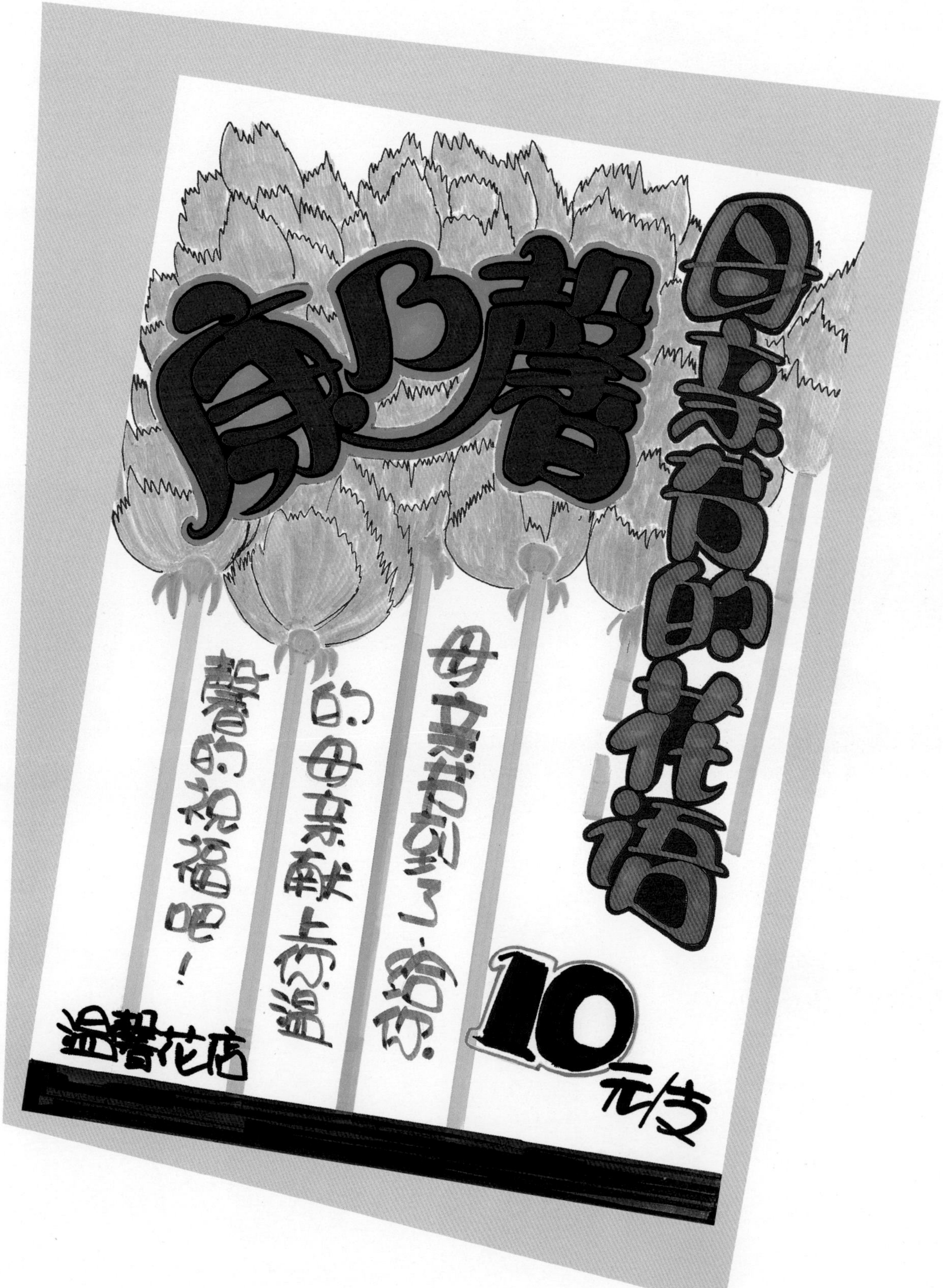
康乃馨
母亲节的花语
母亲节到了，给你的母亲献上你温馨的祝福吧！
10元/支
温馨花店

你还可以这样写
妈妈辛苦了
妈妈辛苦了
亲爱的
妈妈
辛苦了
今天午餐厅
各类套餐5折
你还可以这样画

南嫒百货
感恩
母亲节
全场6折
你还可以这样写
感恩
母亲节
你还可以这样画

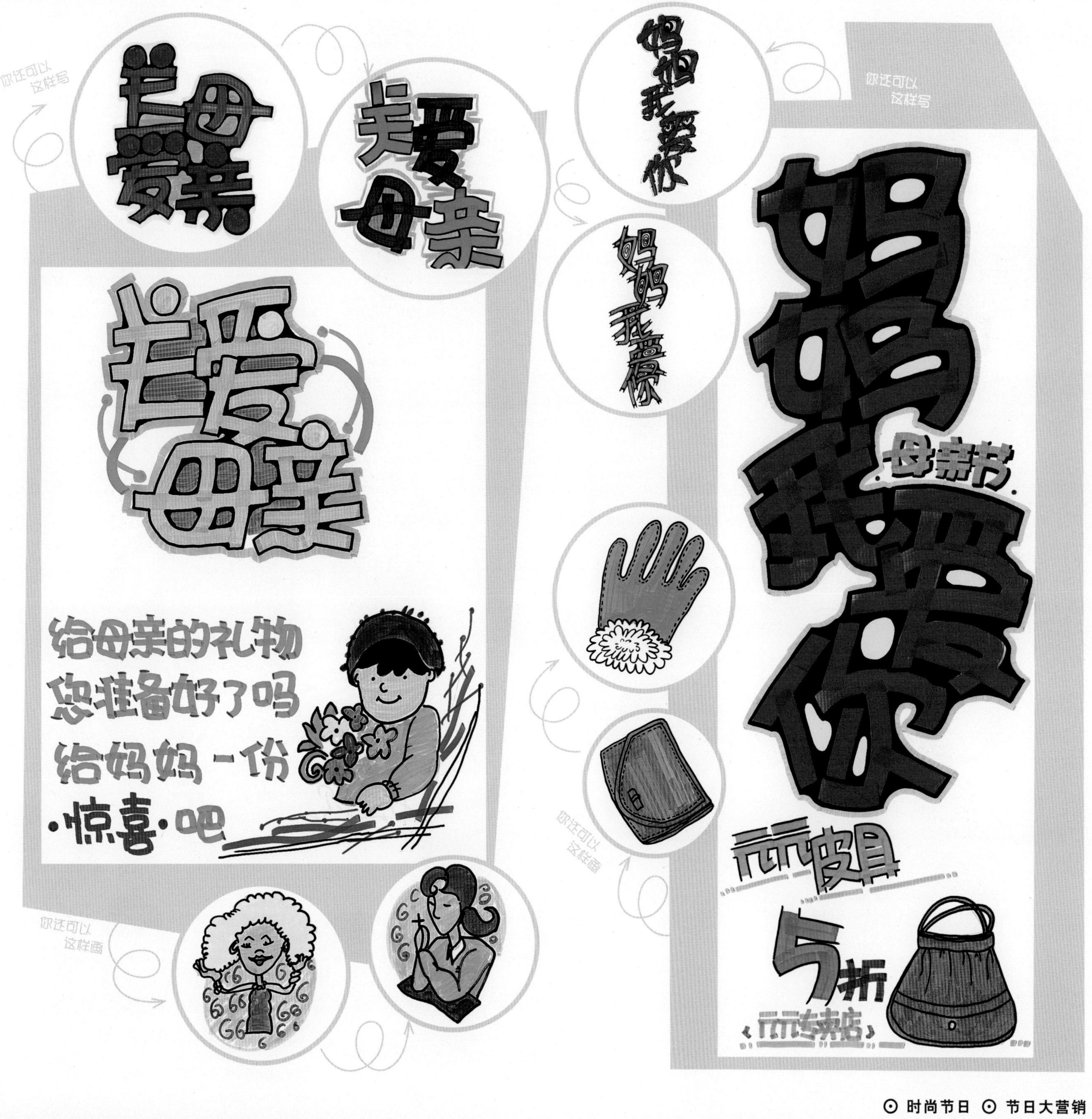
你还可以这样写
关爱母亲
关爱母亲
关爱母亲
给母亲的礼物
您准备好了吗
给妈妈一份
·惊喜·吧
你还可以这样画
妈妈我爱你
妈妈我爱你
你还可以这样写
妈妈我爱你
·母亲节·
你还可以这样画
5折

你还可以这样写
5.13
母亲节
预订蛋糕5折优惠
你还可以这样画

祝天下所有妈妈
母亲节快乐
新花上市
花样齐全
芬芳生活
尽在这里

母亲节
给母亲的礼物
母亲节当天·凡在本
商场购买任何
品牌化妆品者
均可享受
8折优惠

母亲节的告白
母亲节当日
购物均送
致谢卡一张
你还可以这样画
你还可以这样写

你还可以
这样写

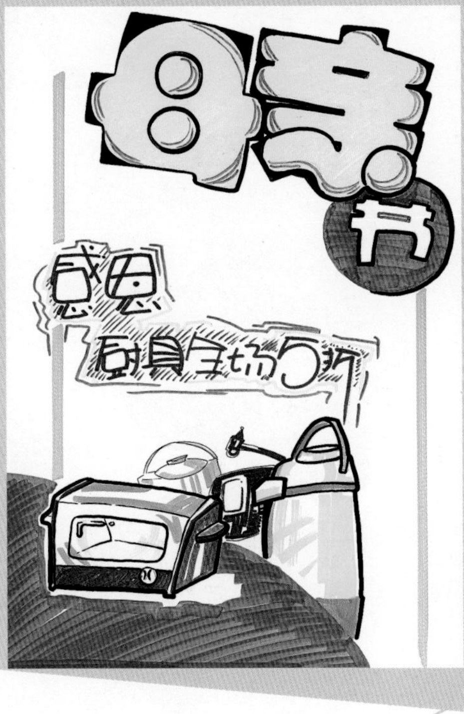

你还可以
这样写

你还可以
这样画

你还可以这样写

你还可以这样画

你还可以这样写

你还可以这样画

你还可以这样写

⊙ 实战篇 ⊙ 母亲节

你还可以
这样写

你还可以
这样画

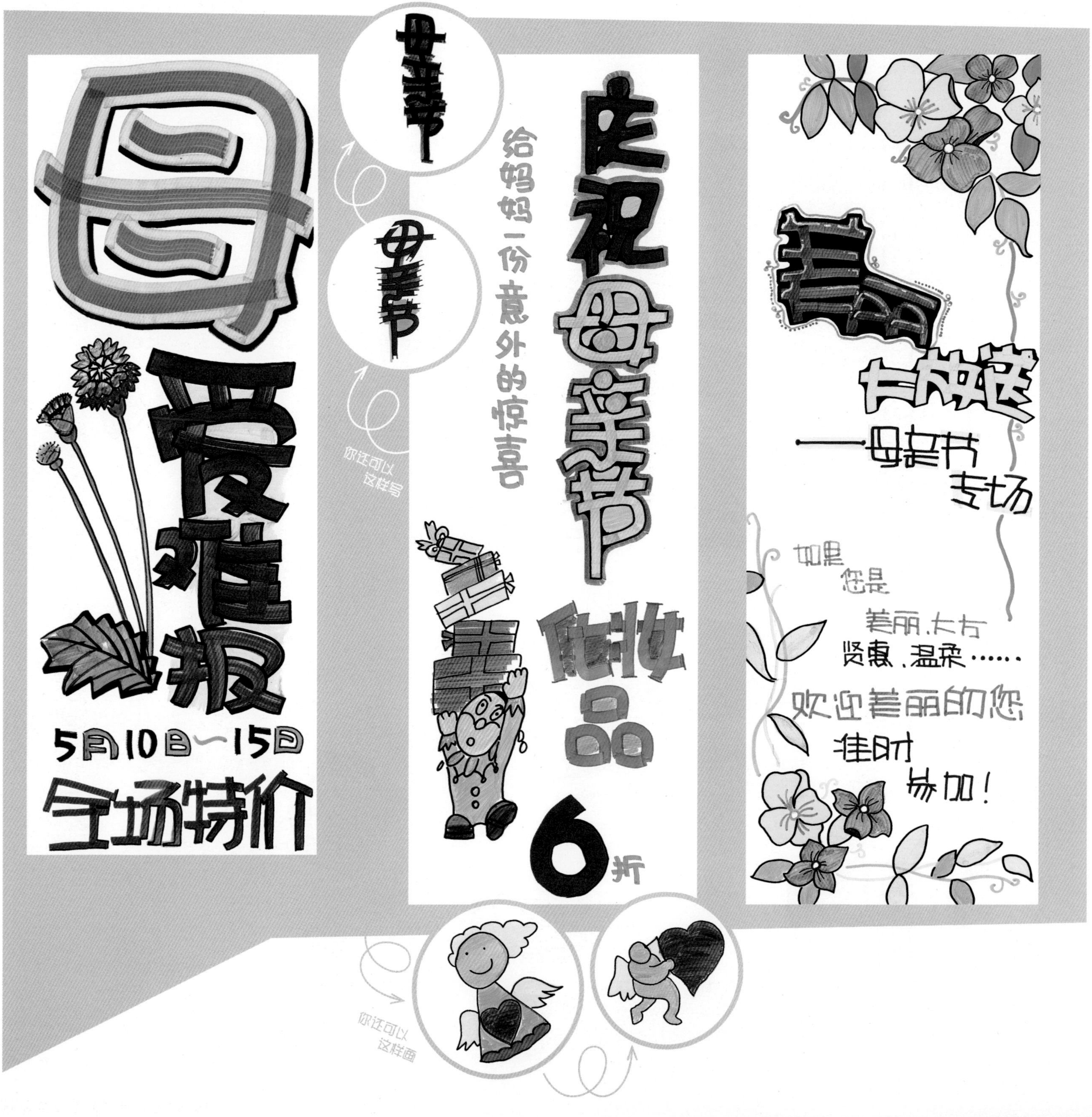
母
爱
难
报
5月10日~15日
全场特价
母亲节
母亲节
你还可以
这样写
给妈妈一份意外的惊喜
庆祝
母亲节
化妆品
6折
美丽
大放送
——母亲节
专场
如果
您是
美丽、大方
贤惠、温柔……
欢迎美丽的您
佳时
参加！
你还可以
这样画

庆祝母亲节
100%风味绝佳
温馨5月@让妈妈
来饮一杯精选上等
水果的果汁
母女同行 买一送一
—莎莎果汁—
母爱
母亲节
特别献礼
欢迎光临
-乐乐超市-
母爱
特卖场
三金百货
你还可以这样写
服装秀
服装秀
庆祝母亲节
服装秀
时间：
5月13晚7点
地点：
会演中心
你还可以这样画

母亲节
特卖!
母亲节特价糖果:
徐福记散糖 11.8元/kg
德芙巧克力 15元/盒
王府井超市

好妈妈
3·8 日本超市凡
女性用品 五折

母亲节送礼最佳选择
厨具大酬宾
花联超市
全场7折
妈妈的好帮手

五月花
鲜花送妈妈
小店母亲节推荐新品种
和平价:
12元/支

母亲节
母亲节
你还可以这样写
母亲节
特价果汁
5元/份
你还可以这样画
真X饭店:
母亲节
好妈妈:
厨艺大赛
欢迎参加!
参加热线:56004

你还可以这样写
母亲的礼物
母亲的礼物
的礼物
你还可以这样写
母亲羊肉
母亲羊肉
母亲节
美味出击
你还可以这样写

你还可以这样写
美体特惠
美体特惠
美体特惠
母亲节价！
15
元/块
·小马美容·
你还可以这样画

母亲节
你还可以这样写
母亲节
给母亲的礼物
母亲节
尽在美心屋
你还可以这样画

父亲节

【父亲节简介】

6月的第三个星期日是父亲节（Father's Day）。相对于母亲节，父亲节是人们比较陌生的一个节日，它是1910年在美国华盛顿州的士波肯市由杜德太太发起的。在父亲节这天，人们选择特定的鲜花（红色或白色玫瑰）来表示对父亲的敬意。因为建立父亲节的想法很得人心，所以商人和制造商开始看到商机。他们不仅鼓励做儿女的给父亲寄贺卡，而且鼓动他们买领带、袜子之类的小礼品送给父亲，以表达对父亲的敬重。

而我国的父亲节起源，要追溯到国民时代。民国三十四年（1945年）的八月八日，上海市民发起了庆祝父亲节的活动，抗日战争胜利后，上海市各界名流仕绅，联名请上海市政府转呈中央政府，定“爸爸”谐音的八月八日为全国性的父亲节。

2009年的父亲节是公历6月21日，农历五月二十九。2010年的父亲节是公历6月20日，农历五月初九。

我为老爸服务
父亲节
让老爸休息了
本餐厅在父亲节当天开展"我为老爸服务"活动,亲自下厨,为您的老爸做一份亲情餐吧!
西点餐厅

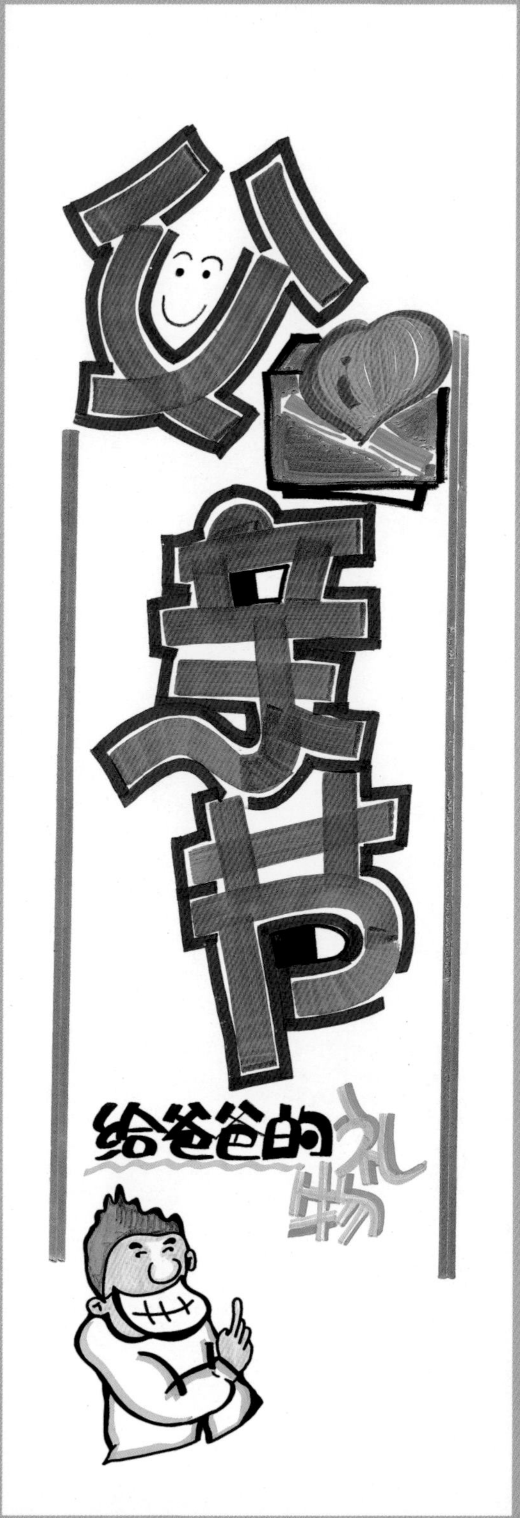
父亲节
给爸爸的礼物

父亲节
健身会馆
年费5折
欢迎办理!!!
艾吉健身会馆

父亲的爱
父亲的爱
你还可以这样写
父亲的爱
父亲节
当日购物均免费包装哦!
你还可以这样画

爸爸节日快乐
你还可以这样写
爸爸节日快乐
父亲节
爸爸节日快乐
围巾(男士)
3折
元元专卖.
你还可以这样画

你还可以这样写
感谢父亲
感谢父亲
老爸的礼物
本店供应精品名茶
龙井茶 普洱茶
铁观音
9折
感谢父亲
父亲节 男士用品：
6.5折
元元商场
你还可以这样画

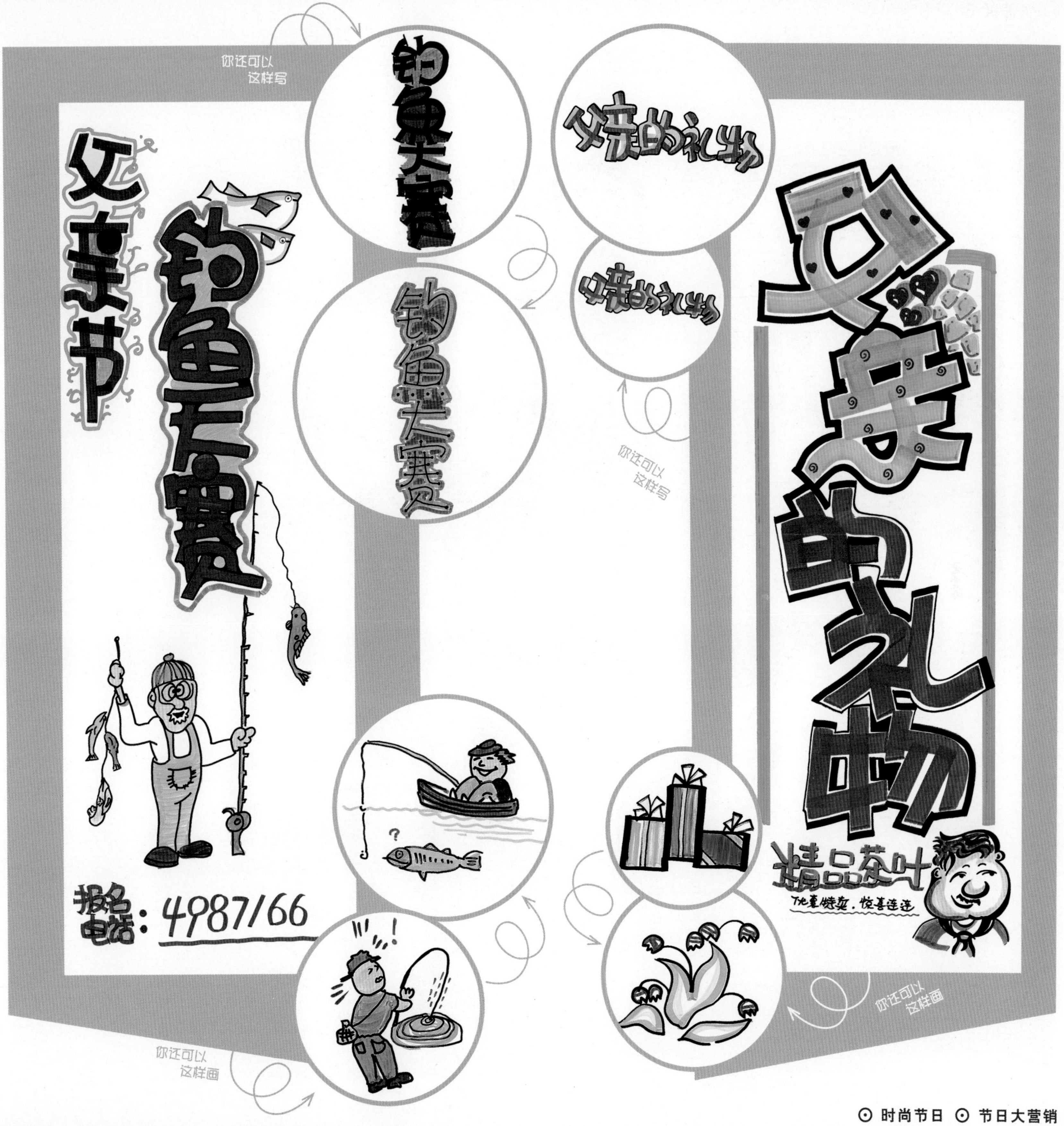
你还可以这样写
父亲节
钓鱼大赛
报名电话：4987/66
钓鱼大赛
钓鱼大赛
你还可以这样画
父亲的礼物
父亲的礼物
你还可以这样写
父亲的礼物
精品茶叶
优惠特卖，惊喜连连
你还可以这样画

你还可以这样写
父亲节
手机
7
折特卖
父亲节
当日特惠
欢迎新老顾客
光临选购
你还可以这样画

你还可以这样写
父子情
父子情
父子情
父亲节
大型亲子
游乐会
你还可以这样画
你还可以这样写
好爸爸我爱您
好爸爸我爱您
好爸爸我爱您
父亲节蛋糕
特惠
6.8折
订购电话：5886675
你还可以这样画

父亲节
太师椅
7折

巴西烤肉馆
特惠
父亲节套餐
套餐价：68元/位

龙井茶
父亲节 优惠
50元/斤

父亲节
精品男装
7折

帅
父亲节
帅气老爸
父亲节当天·凡在本商
场购买皮尔·卡丹
男装系列·即
可获礼品一份

父亲节快乐
父亲节快乐
你还可以这样写
父亲节快乐
当日购物均有好礼相送
你还可以这样画

老爸节
你还可以这样写
老爸节
订购用餐8折
并送水晶鸡
一艾古餐饮一
你还可以这样画

父亲节
父亲节
你还可以这样写
你还可以这样写
父亲节
父亲节
父亲节
男士衬衫
精品领带
休闲男裤
88
父亲节
男装7折
向天下父亲致敬
你还可以这样画
你还可以这样画

父爱难忘
父爱难忘
你还可以这样画

HAPPY
Father's
Day
全场特惠
4折

父亲节
7.5折
元元
精品店

孝心奉献
蛋糕特价
父爱难忘
订制电话

父亲节
小马衬衫
25元

父亲节
父亲节
你还可以这样写
父亲节
K歌大赛
为老爸加油
你还可以这样画
父亲节
父亲节
你还可以这样写
父亲节
礼品大热卖
百优店
你还可以这样画

我有一个好爸爸
父亲节特惠领带
5折
父亲节最佳礼物哦!

乐乐酒家:
啤酒
父亲节特惠
5元/杯

啤酒
2折
父亲节

你还可以
这样写
父亲节
父亲节
父亲节
给最敬爱的
父亲一份礼物
你还可以
这样画

父亲节
25元
父亲节
父亲节
父亲节
你还可以
这样写
父亲节
老爸您辛苦了
凡在本店购买电动剃
须刀@即可送父亲节
纪念衫一件
赶快行动吧！
【金城电器】

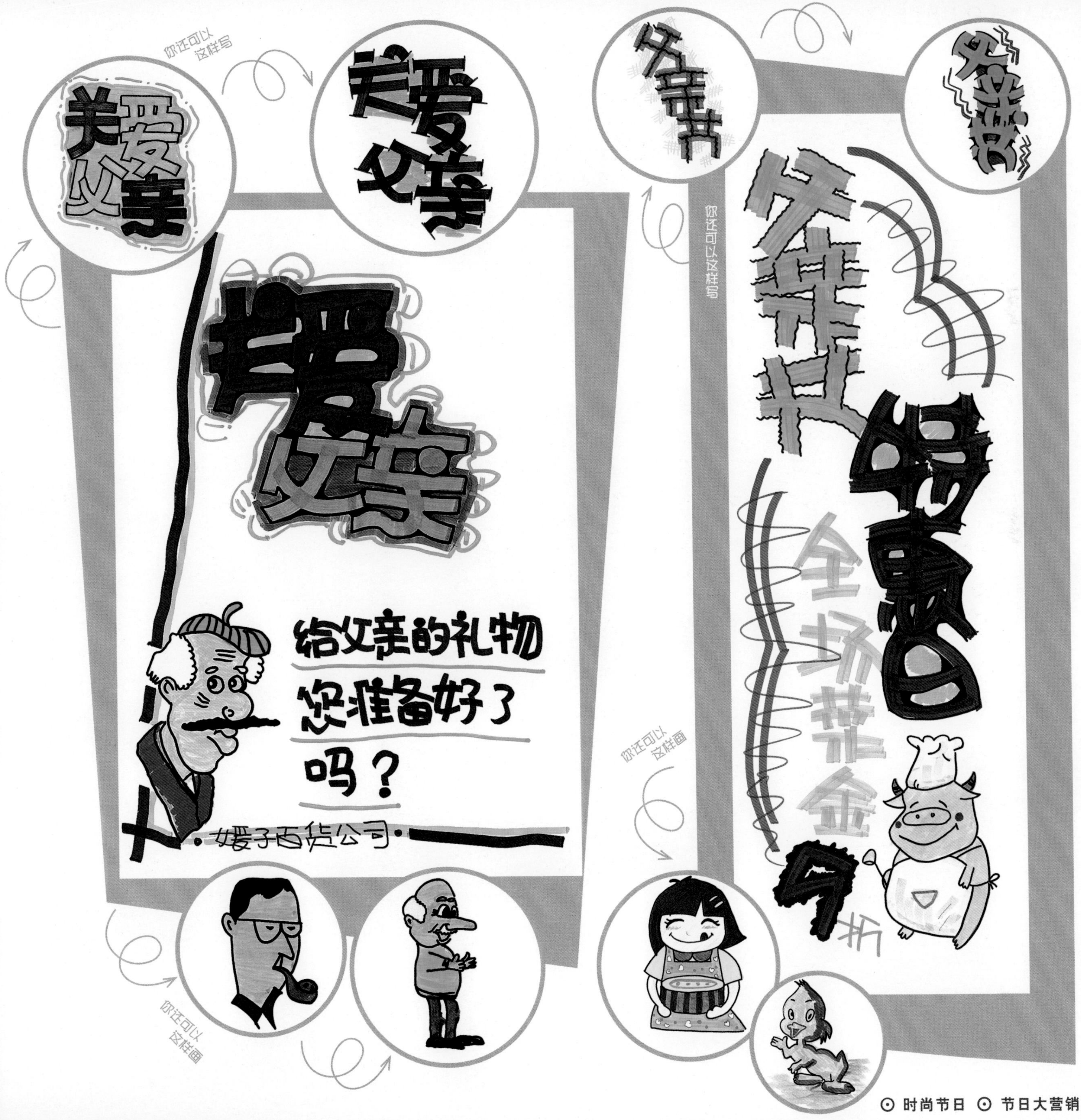
关爱父亲
你还可以这样写
关爱父亲
关爱父亲
给父亲的礼物
您准备好了
吗？
媛子百货公司
你还可以这样画
父亲节
你还可以这样写
父亲节
父亲节
特惠日
9折
你还可以这样画

【万圣节简介】

万圣节

在每年的10月31日是西方传统的“鬼节”——万圣节（Halloween）。不过这一天的气氛却远不像它的名称那样让人听上去就“毛骨悚然”。每当万圣节到来，孩子们都会迫不及待地穿上五颜六色的化装服，戴上千奇百怪的面具，提着一盏“杰克灯”走家窜户，向大人们索要节日的礼物。万圣节最广为人知的象征也正是这两样——奇异的“杰克灯”和“不请吃就捣乱”的恶作剧。

关于万圣节由来的传说有许多版本，最普遍的认为，那是源于基督诞生前的古西欧国家，主要包括爱尔兰、苏格兰和威尔士。这几处的古西欧人叫德鲁伊特人。德鲁伊特的新年在11月1日，新年前夜，德鲁伊特人让年轻人集队，戴着各种怪异面具，拎着刻好的萝卜灯（南瓜灯系后期习俗，古西欧最早没有南瓜），游走于村落间。这在当时实则为一种秋收的庆典；也有说是“鬼节”，传说当年死去的人，灵魂会在万圣节的前夜造访人世，据说人们应该让造访的鬼魂看到圆满的收成并对鬼魂呈现出丰盛的款待。所有篝火及灯火，一来为了吓走鬼魂，同时也为鬼魂照亮路线，引导其回归。

万圣节时，将家里的大餐桌用橙色、黄色、草绿色渲染出浓浓的乡村气氛，音响里面放着舒缓淳朴的乡村乐曲，极是温馨。象征——南瓜形象最受人们欢迎。

HALLOWEEN
万圣节
精灵派对

你还可以这样写

你还可以这样画

你还可以这样写

你还可以这样写

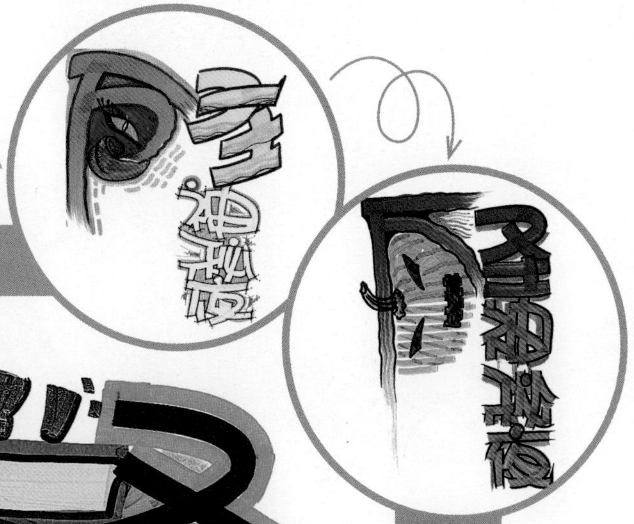

万圣节之夜
假面舞会
期待你的到来

疯狂
迪高
太阳啤 180元/半打
冰豹 100元/半打
满泉 85元/半打
全场食物 7折
订座电话 2810000
2870000

万圣
PARTY
10月31日
学院大礼堂
玩刺激

你还可以
这样写
万圣
假面
晚会
欢迎
光临
快乐
万圣节
全场商品
8折
你还可以
这样写
你还可以
这样画
你还可以
这样画
万圣派对
等候您的到来
10月31日
18时
院礼堂内
鬼屋
探险
10月31日
勇敢者的
约会
你还可以
这样写
你还可以
这样画

万圣节
午夜狂欢
舞会
神秘誘惑
~尽在可乐吧~

健康首选
全鸡宴
·每天新鲜
供应数桌·
148元
国际大酒店
万圣节
巨献

万圣节
特惠
回报新老顾
客全部货品
6折特卖

万圣之夜
时尚糖果
8折特卖
限时抢购

⊙ 实战篇 ⊙ 万圣节

你还可以这样写

你还可以这样画

万圣大比拼
一年一度的南瓜灯
设计大赛开始啦！点，
欢迎大家来参加，时间
是十月三十一晚九点，
千万不要错过哟！
免费制作
星光装饰店

万圣节
魔幻之夜
地点：森林红酒吧

万圣大玩家
10.31
各类玩具
5折

万圣之夜
推门请进
哇哇……
稀奇古怪酒吧
化装舞会
进行时……

你还可以这样写
万圣节
万圣节之夜……
•万圣节当日
乐迪酒吧
晚八点
你还可以这样画
你还可以这样写
万圣节
万圣节
万圣节
万圣节
万圣节热力派对
你还可以这样画

你还可以
这样写
万圣节
万圣节
鸡肉汉堡
12元/个
元元饼业..
你还可以
这样画
万圣之夜
万圣之夜
万圣之夜
你还可以
这样写
神秘
节目
敬请关注……
订座电话：
5511688
66俱乐部
你还可以
这样画

鬼魅之夜
你还可以这样写
鬼魅之夜
万圣晚会
炫丽
诡秘
奇异
等待着你
10月30日
18时
学院大礼堂
化装舞会
万圣节
happy
万圣
惊险之夜
10月31日
化妆宴
民族商场
万圣节
酷装
8
折
小强服饰专卖
你还可以这样画

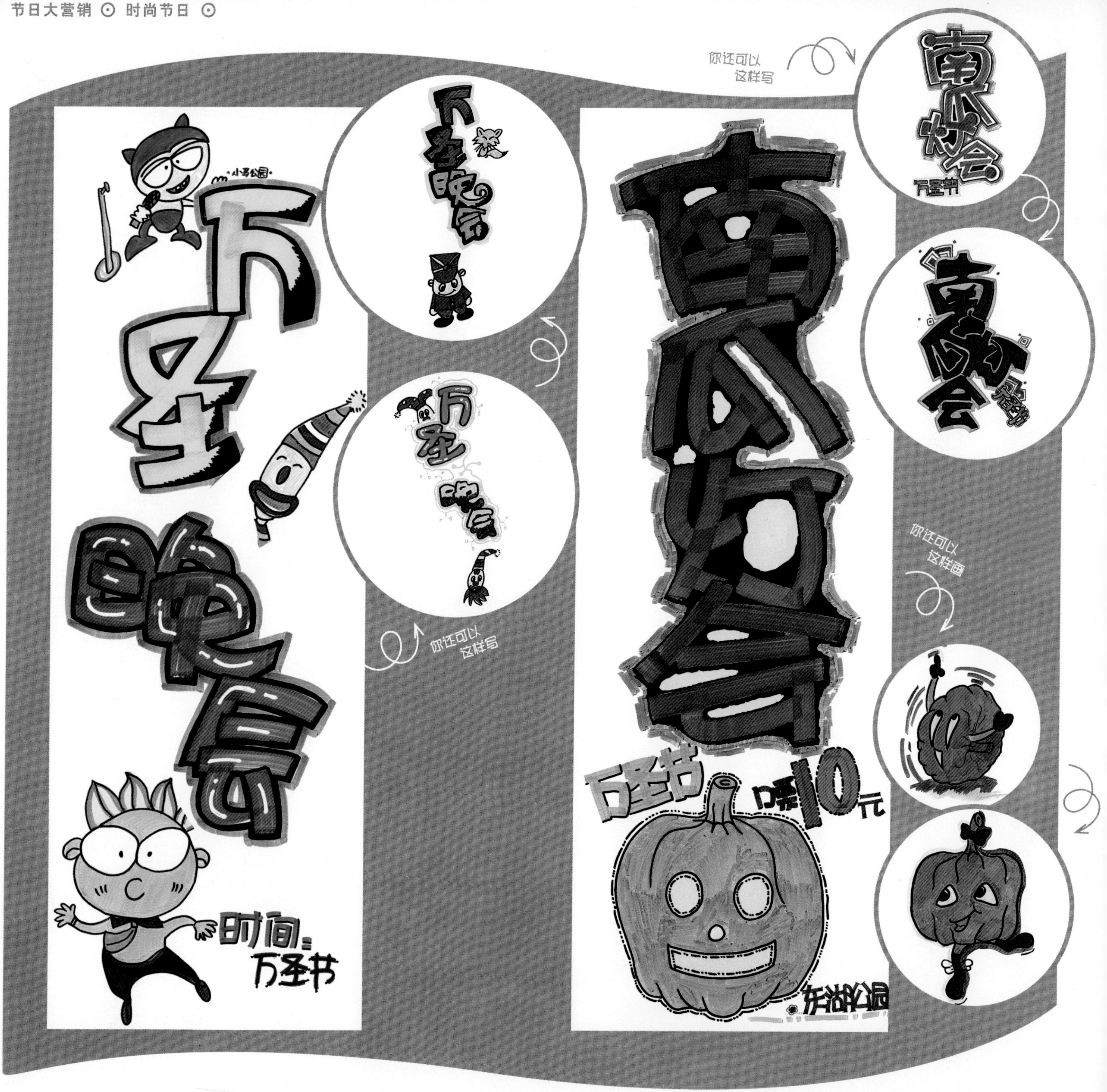
万圣
晚会
时间：万圣节
你还可以这样写
你还可以这样写
南瓜灯会
万圣节
门票10元
你还可以这样写
你还可以这样画

南瓜饼
你还可以这样写
南瓜饼
你还可以这样画
南瓜饼
万圣节 南瓜饼
2.5元/盒
电话：5151522
元元饼业
你还可以这样写
万圣节特价优惠
万圣节特价优惠
万圣节特价优惠
节日用品全场10元起
你还可以这样画

感恩节

【感恩节简介】

11月的第四个星期四是感恩节。感恩节（Thanksgiving Day）是美国人民独创的一个古老节日，也是美国人合家欢聚的节日，因此美国人提起感恩节总是备感亲切。

1863年，美国总统林肯宣布每年11月的第四个星期四为感恩节。感恩节庆祝活动便定在这一天。直到如今，届时家家团聚，举国同庆，其盛大、热烈的情形，不亚于中国人过春节。

感恩节庆祝模式许多年来从未改变。丰盛的家宴早在几个月之前就开始着手准备。人们在餐桌上可以吃到苹果、橘子、栗子、胡桃和葡萄，还有葡萄干、布丁、碎肉馅饼、各种其他食物以及红莓苔汁和鲜果汁，其中最妙和最吸引人的大菜是烤火鸡(roast turkey)和南瓜馅饼(pumpkin pie)，这些菜一直是感恩节中最富于传统和最受人喜爱的食品(food)。

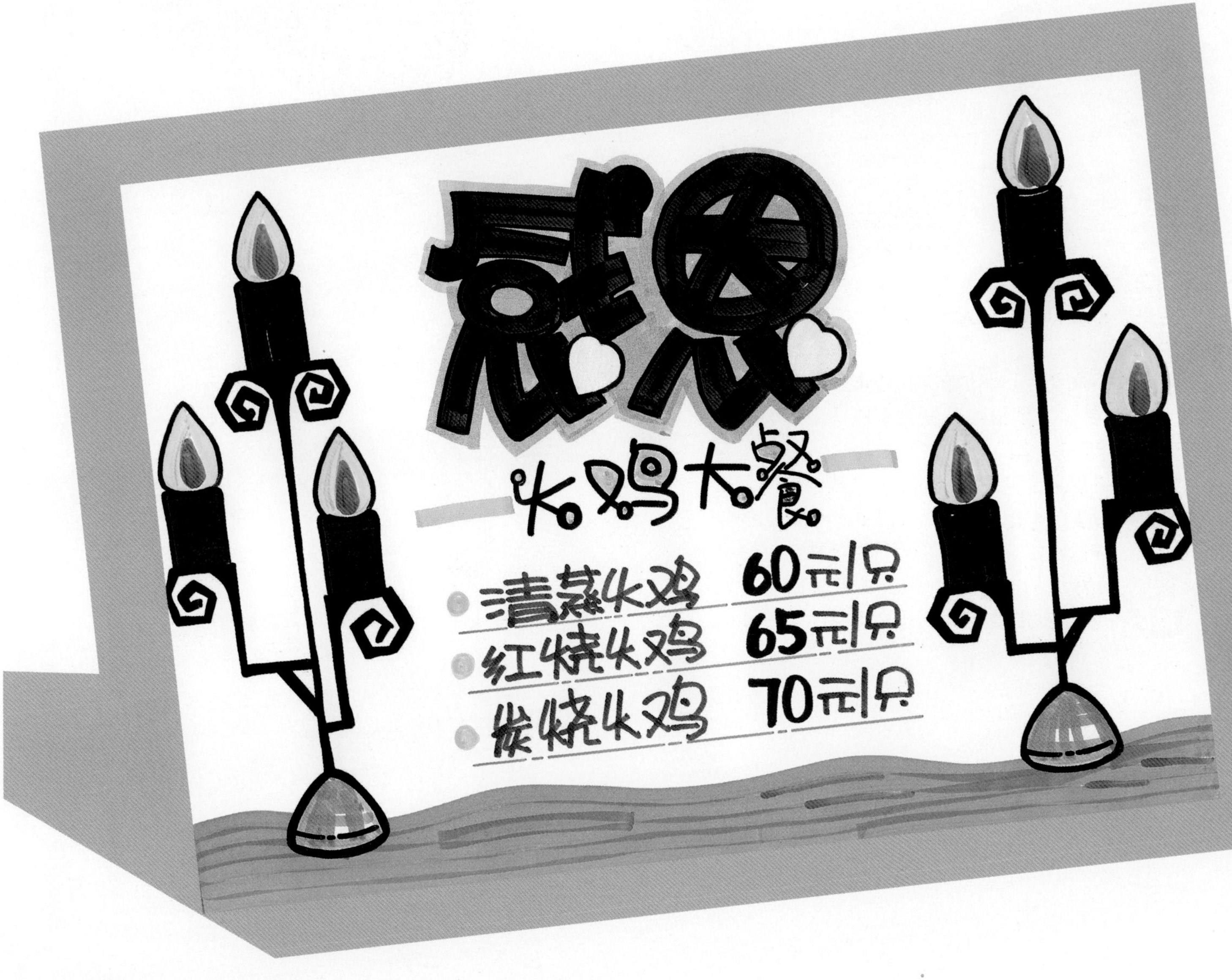
感恩
火鸡大餐
清蒸火鸡 60元/只
红烧火鸡 65元/只
炭烧火鸡 70元/只

你还可以这样写

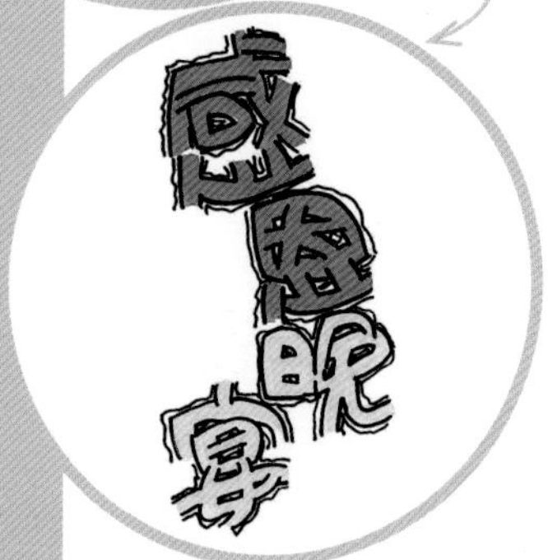

你还可以这样画

你还可以这样写
烤鸭大餐
烤鸭大餐
特色烤鸭大餐
感恩节特价：
5折
元元酒家
5125451
你还可以这样画
11月
浓情感恩
特价中
浓情感恩
浓情感恩
你还可以这样写

感恩
大奉献
葱爆鸭胗
鱼头火锅
铁板牛肉
一律8折优惠
你还可以
这样写
你还可以这样画

感恩节
感恩节
你还可以
这样写
感恩节大餐
火鸡套餐
全新
推出
你还可以
这样画

你还可以这样写

你还可以这样写

你还可以这样画

THANKS
感恩
回报价
全菜5折
感恩
回报价
7折
西城百货
感恩节
本店特推
特色烤火鸡
56元
感恩节
时尚大礼
等你拿
～美心轩
感恩节
感恩节
你还可以这样写
你还可以这样画

感恩
音乐会
感恩节，来倾听澳大利亚大师的感恩音乐吧！
地点：汇演中心
时间：11月24日
晚8点

火鸡表演
感恩节
门票
12元/人
地点:市体育馆
2007.11.29
POP
周四
你还可以这样写
火鸡表演
感恩节
火鸡表演
感恩节
你还可以这样画
真情回报新款手机
5折
感恩节

你还可以这样写

你还可以这样写

你还可以这样画

你还可以这样写
舞会
感恩节
舞会
有神秘节目……哦！
时间：11月23日
地点：会演中心
你还可以这样画
小马西餐
玩具
4元起
感恩大餐
美味火鸡等着您……
媛子西餐厅
你还可以这样写
感恩大餐
你还可以这样画

感恩节
炭烧火鸡腿
6折
你还可以这样写
你还可以这样画
海鲜特价
感恩节
你还可以这样画

你还可以这样写

你还可以这样写

你还可以这样画

你还可以这样画

自助餐
你还可以这样写
自助餐
自助餐
感恩节
25元/个
52056111
元元饭馆.
你还可以这样画

圣诞节

【圣诞节简介】

圣诞节，（Christmas）是教会年历的一个传统节日，它是基督徒庆祝耶稣基督诞生的庆祝日。在圣诞节，大部分的基督教教堂都会先在12月24日的平安夜举行礼拜，然后在12月25日庆祝圣诞节。

在西方国家里，圣诞节也是一个家庭团聚和喜庆的节日，通常会在家里陈设一棵圣诞树。在西方，不论是否基督徒，过圣诞节时都要准备一棵圣诞树，以增加节日的欢乐气氛。圣诞树一般是用杉柏之类的常绿树做成，象征生命长存。树上装饰着各种灯烛、彩花、玩具、星星，挂上各种圣诞礼物。圣诞之夜，人们围着圣诞树唱歌跳舞，尽情欢乐。圣诞装饰品包括以圣诞装饰和圣诞灯装饰的圣诞树，户内以花环和常绿植物加以装饰，特别的冬青和槲寄生是传统采用的材料。在南北美洲和少数欧洲地区，传统上户外以灯光装饰，包括用灯火装饰的雪橇、雪人和其他圣诞形象。 传统的圣诞花是猩猩木（别名一品红、圣诞红，花色有猩红、粉红、乳白等）。圣诞植物还包括冬青、红孤挺花、圣诞仙人掌等。

传说圣诞老人原是小亚细亚每拉城的主教，名叫圣尼古拉，死后被尊为圣徒，是一位身穿红袍、头戴红帽的白胡子老头。每年圣诞节他驾着鹿拉的雪橇从北方而来，由烟囱进入各家，把圣诞礼物装在袜子里挂在孩子们的床头上或火炉前。

世界各国圣诞节习俗：在英国的圣诞节必须吃得痛快。在意大利，只有小孩和老人能得到礼物。在瑞士，贫穷圣诞老人向富人讨食物。 在西班牙，牛在圣诞节受的待遇最好。 在瑞典，陌生人可以进家吃东西 。在丹麦，人们喜欢互寄贺卡 。

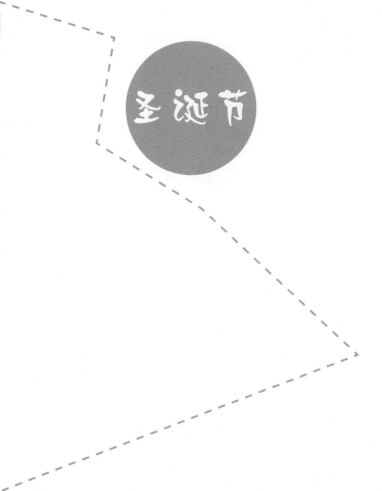

圣诞大特惠
圣诞大特惠
圣诞大特惠
你还可以这样写
全场货品
低于6折
你还可以这样画

你还可以这样写
圣诞节
圣诞节
圣诞节
你还可以这样画
你还可以这样画
你还可以这样写
圣诞快乐
圣诞快乐
圣诞快乐
圣诞帽
6折
欢迎选购

你还可以这样写
你还可以这样画
圣诞
PARTY
MOON BAR
12月25日·
温暖圣诞
隆重推出时尚抱枕
订购热线 3527679
20元/只
时尚布艺由你配
免费送货上门
你还可以这样写
永崎百货
圣诞惊喜
全场限时抢购
5折

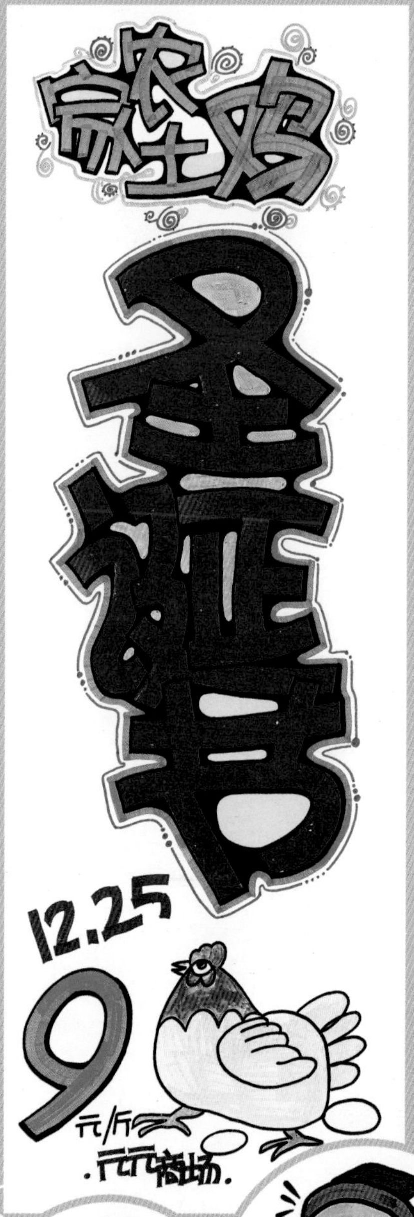
农家土鸡
圣诞节
12.25
9
元/斤
·元元商场·

快乐
圣诞
晚会
时间:12月25日
地点:学校礼堂

圣诞快乐
节日限量:
全场2折

快乐派对在等待着你……
时间:12月25晚8:00
地点:南宁市~百货十楼
圣诞
party

你还可以这样画

你还可以这样写
圣诞节
圣诞节
圣诞节
买饰品
送好礼
你还可以这样画
Merry Christmas!

你还可以
这样写和画

你还可以
这样写

你还可以
这样画

圣诞到
美味套餐
7折

全场
10元

圣诞
送温暖
全场:
6折

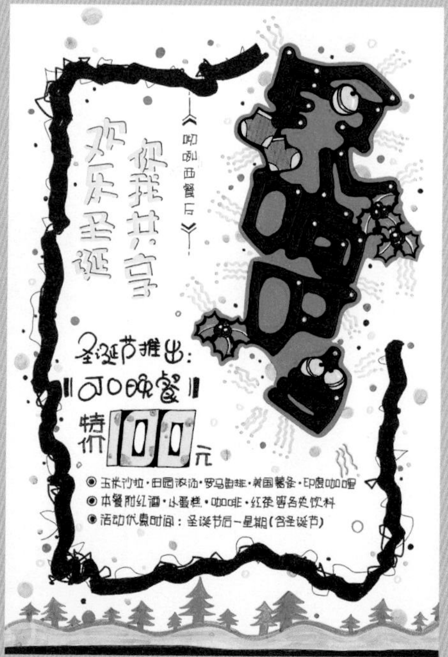
欢乐圣诞
你我共享
《咖啡西餐厅》
圣诞节推出:
〖可口晚餐〗
特价100元
◉ 玉米沙拉·田园浓汤·罗马鱼排·美国薯条·印度咖喱
◉ 本餐附红酒·小蛋糕·咖啡·红茶等各类饮料
◉ 活动优惠时间：圣诞节后一星期（含圣诞节）

你还可以
这样写

你还可以
这样画

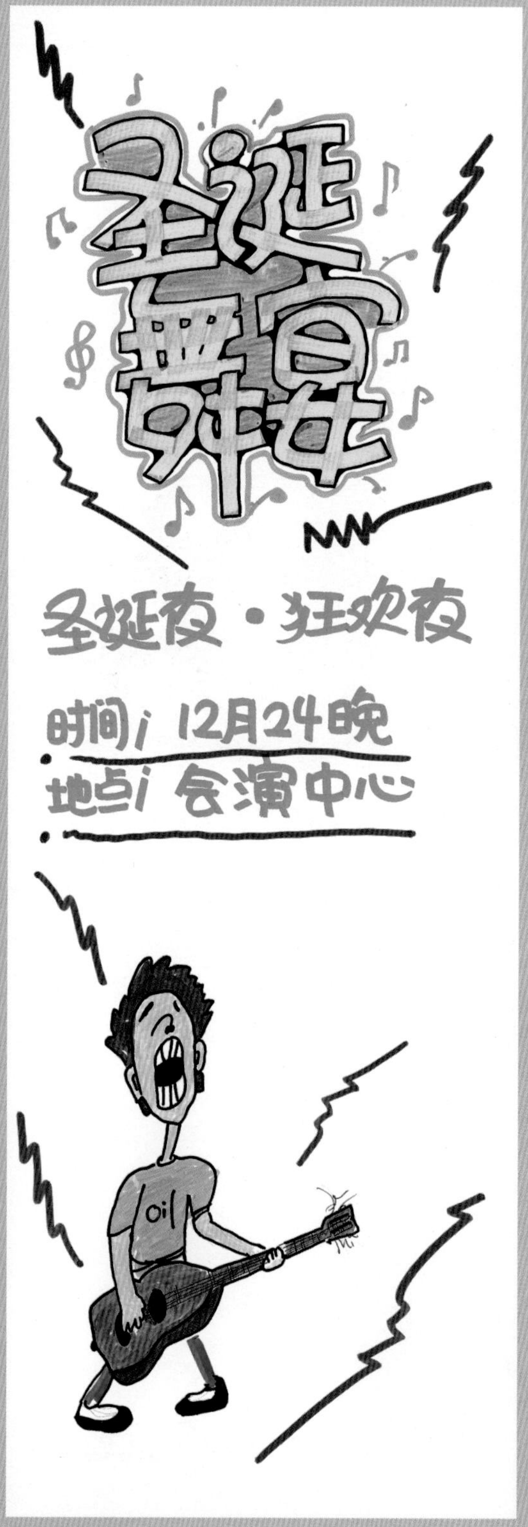
圣诞舞会
圣诞夜·狂欢夜
时间：12月24晚
地点：会演中心

Merry
12月25日
晚8:00
院会演厅.
圣诞狂欢

你还可以这样写
你还可以这样画

圣诞
大放送
全场特价

圣诞
大放送

圣诞
大放送

圣诞快乐
电子科技广场
全场8折
有礼送
·买一部数码相机
·送精美Mp3一只;
·Mp3、Mp4及移动
·硬盘廉价销售

圣诞寻宝
圣诞寻宝大行动.

圣诞假面舞会
地点：校礼堂
时间：12月25日晚8点
你还可以这样画
你还可以这样写
假面舞会
假面舞会

你还可以这样写
圣诞大派送
圣诞大派送
圣诞大派送
·小马百货·

精彩圣诞节
12月25日~30日
购物满50元
均赠送欢乐
铃铛

圣诞
Sale

平安夜
欢迎光临
平安大优惠
全场9折

圣诞欢乐游
国际旅行社
推出旅行
特惠路线
咨询热线：
3321224
你还可以
这样写
欢乐游
欢乐游
你还可以
这样画
你还可以
这样写
圣诞
快乐
全场
5
折
圣诞特讯
全场
5
折
圣诞
特讯
全场
5
折

你还可以
这样画

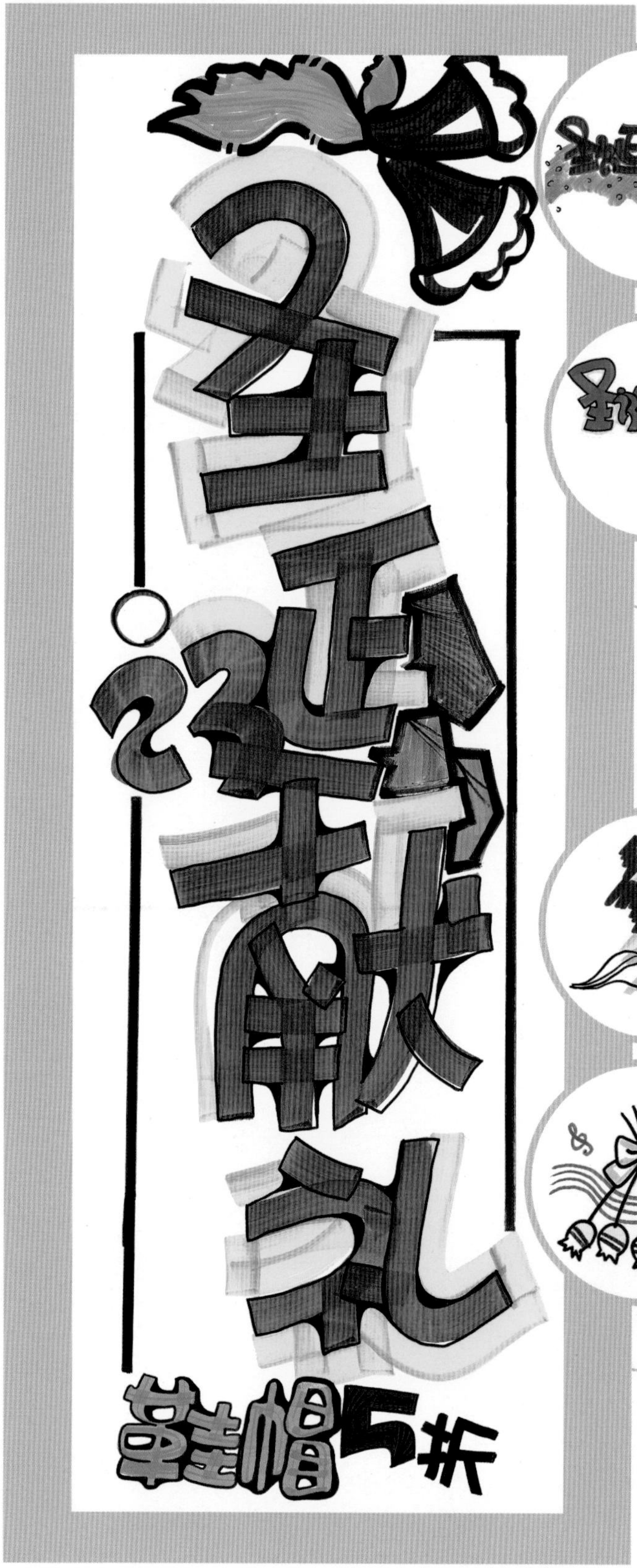

你还可以这样写

你还可以这样画

你还可以这样写

你还可以这样画

⊙ 实战篇 ⊙ 圣诞节

圣诞节
圣诞节
你还可以这样写
圣诞节
圣诞大餐
你还可以这样画

5折
即买
即送
·乐迪店·

图书在版编目（CIP）数据
节日大营销·手绘POP. 时尚节日篇/陆红阳，熊燕飞编著. —南宁：广西美术出版社，2010.2
ISBN 978-7-80746-944-5

Ⅰ.节… Ⅱ.①陆…②熊… Ⅲ.广告—宣传画—设计
Ⅳ.J524.3

中国版本图书馆CIP数据核字（2010）第025004号

节日大营销·手绘POP——时尚节日篇

JIERI DAYINGXIAO ·SHOUHUI POP—— SHISHANG JIERIPIAN

主　　编：陆红阳　喻湘龙
编　　著：熊燕飞　杨　旭　马　莉　岑敬芳
出 版 人：蓝小星
终　　审：黄宗湖
图书策划：陈先卓
责任编辑：陈先卓
装帧设计：熊燕飞
校　　对：罗　茵　尚永红
审　　读：陈宇虹
出版发行：广西美术出版社
地　　址：南宁市望园路9号
网　　址：www.gxfinearts.com
邮　　编：530022
制　　版：广西雅昌彩色印刷有限公司
印　　刷：广西民族印刷厂
版　　次：2010年4月第1版
印　　次：2010年4月第1次印刷
开　　本：12开
印　　张：10
书　　号：ISBN 978-7-80746-944-5/J·1192
定　　价：56.00元